Este libro pertenece a:

Colorín, colorado : cuentos para la primera infancia / ilustrador
   Alexis Lago. -- Editora Mireya Fonseca Leal. -- Bogotá :
   Panamericana Editorial, 2014.
   72 p. : il. ; 21 cm.
   ISBN 978-958-30-4381-9
   1. Cuentos infantiles - Colecciones 2. Amistad - Cuentos
Infantiles 3. Solidaridad - Cuentos infantiles I. Lago, Alexis, il.
II. Fonseca Leal, Raquel Mireya, ed.
I808.831 cd 21 ed.
A1433823

       CEP-Banco de la República-Biblioteca Luis Ángel Arango

# Colorín, colorado

## Cuentos para la primera infancia

**Primera edición**, marzo de 2014
© 2014 Selección: Sergio Andricaín y Antonio Orlando Rodríguez
© 2014 Panamericana Editorial Ltda.
Calle 12 No. 34-30. Tel.: (57 1) 364 9000
Fax: (57 1) 237 3805
www.panamericanaeditorial.com
Bogotá D.C., Colombia

**Editor**
Panamericana Editorial Ltda.
**Edición**
Raquel Mireya Fonseca Leal
**Ilustraciones**
María Sánchez y Alexis Lago
**Diagramación y diseño de cubierta**
Martha Isabel Gómez Guacaneme

ISBN 978-958-30-4381-9

Impreso por Panamericana Formas e Impresos S. A.
Calle 65 No. 95-28. Tels.: 4302110 - 4300355.
Fax: (57 1) 2763008
Quien solo actúa como impresor.
Impreso en Colombia - *Printed in Colombia*

# Colorín, colorado
## Cuentos para la primera infancia

Selección
Sergio Andricaín y
Antonio Orlando Rodríguez

*Ilustraciones*
María Sánchez y Alexis Lago

**PANAMERICANA**
EDITORIAL

Les diremos cosas así, como para que las leyesen los colibríes, si supiesen leer.

José Martí
*La Edad de Oro*

# La margarita blanca

Había una vez una margarita de pétalos blancos y estambres amarillos que vivía en una casita oscura, cálida y muy silenciosa, debajo de la tierra. Lo único que la margarita hacía era dormir y soñar, soñar y dormir. Pero un día, la despertaron unos golpes que alguien dio en la puerta de su hogar.

—Tun, tun. Tun, tun.

—¿Quién llama? —preguntó la margarita blanca.

—Es el Sol.

—¿Y qué quiere el señor Sol?

—Entrar a tu casa.

—¡Todavía no se pasa, todavía no se pasa! —se apresuró a decir la margarita.

Luego bostezó, se acurrucó y siguió durmiendo.

Al día siguiente, volvieron a tocar a la puerta.

–Chin, chin. Chin, chin.

–¿Quién llama? –preguntó, despertando de su profundo sueño, la margarita blanca.

–Es la Lluvia.

–¿Y qué quiere la señora Lluvia?

–Entrar a tu casa.

–¡Todavía no se pasa, todavía no se pasa! –contestó enseguida la margarita.

Y cerrando nuevamente los ojos, volvió a quedarse dormida.

Pasó un día y otra vez se escucharon unos golpecitos en la puerta de la pequeña casa.

–Tun, tun.

–Chin, chin.

–Tun, tun.

–Chin, chin.

–¿Quién llama? –exclamó, despertándose, la margarita blanca.

–Somos el Sol y la Lluvia.

–Somos la Lluvia y el Sol.

–¿Y qué quieren el señor Sol y la señora Lluvia, la señora Lluvia y el señor Sol?

–Entrar a tu casa –dijeron al mismo tiempo el Sol y la Lluvia.

Esta vez la margarita abrió la puerta para que entraran.

El Sol dijo:

–*Quiero vengas conmigo*
*a darle los buenos días*
*a una mañana radiante*
*toda luz, toda alegría.*

Y la Lluvia dijo:

–*Quiero que salgas al campo*
*y te mojes con las gotas*
*de agua fresca que mis nubes*
*van regando mientras flotan.*

Y los dos juntos dijeron:

–*Hemos venido a buscarte,*
*afuera estamos de fiesta;*

*date prisa, Margarita,*
*¡ya empezó la primavera!*

Entonces el señor Sol tomó a la margarita blanca por una mano y la señora Lluvia, por la otra. Los dos tiraron suavemente de ella y la sacaron de su casa.

La margarita de estambres amarillos y pétalos blancos salió al campo y quedó encantada con todo lo que vio: el azul del cielo, el verde de los árboles, el agua cristalina del arroyo y el vuelo de los pájaros. ¡Qué hermosa le pareció la primavera!

–Gracias, señor Sol. Gracias, señora Lluvia –exclamó la margarita muy contenta–. Muchas gracias por sacarme de mi casa.

*Este cuento entró*
*por un callejón plateado*
*y salió por uno dorado.*
*Pero el tuyo, mi niño,*
*no ha comenzado.*

# La gallinita moñuda

É rase que se era una gallinita moñuda que salió a pasear por el patio en un hermoso día de verano. Mientras picoteaba entre la hierba, descubrió un grano de maíz.

Al principio tuvo ganas de comérselo, pero después lo pensó mejor y decidió sembrarlo.

Así que, dirigiéndose a sus vecinos el ganso, el pavo y el pato, les preguntó:

–¿Quién quiere ayudarme a sembrar este grano de maíz?

–Yo no –dijo el ganso.

–Yo no, no, no –dijo el pavo.

–Yo tampoco, poco, poco –dijo el pato.

–Pues yo solita lo haré –dijo la gallinita moñuda y lo sembró.

Cuando la mata de maíz creció y se llenó de grandes mazorcas, la gallinita preguntó:

–¿Quién quiere ayudarme a recoger y a desgranar estas mazorcas?

–Yo no –dijo el ganso.

–Yo no, no, no –dijo el pavo.

–Yo tampoco, poco, poco –dijo el pato.

–Pues yo solita lo haré –dijo la gallinita moñuda, y recogió las mazorcas y las desgranó.

Cuando el maíz estuvo desgranado, la gallinita preguntó:

—¿Quién quiere ayudarme a moler estos granos de maíz?

—Yo no —dijo el ganso.

—Yo no, no, no —dijo el pavo.

—Yo tampoco, poco, poco —dijo el pato.

—Pues yo solita lo haré —dijo la gallinita moñuda y los molió.

Cuando el maíz estuvo molido, la gallinita preguntó:

—¿Quién quiere ayudarme a hornear una sabrosa torta de maíz?

—Yo no —dijo el ganso.

—Yo no, no, no —dijo el pavo.

—Yo tampoco, poco, poco —dijo el pato.

—Pues yo solita lo haré —dijo la gallinita moñuda y la horneó.

Cuando la torta estuvo lista y del horno salía un olor delicioso, la gallinita moñuda preguntó:

—¿Quién quiere comerse conmigo esta rica torta de maíz?

—Yo, que no he comido nada —dijo el ganso.

—Yo, que estoy muerto de hambre –dijo el pavo.

—Yo, que tengo mucho apetito  –dijo el pato.

Pero la gallinita moñuda les contestó:

—No, señores. Si antes no quisieron ayudarme, ahora no comerán. Esta sabrosa torta dorada será para mis hijitos y para mí.

Y dando media vuelta, se fue al gallinero en busca de sus pollitos para compartir la torta de maíz.

*Este cuento se acabó*
*y el viento se lo llevó.*
*Cuando lo vuelva a encontrar,*
*te lo volveré a contar.*

# La casa del mosquito

Cuentan que cuentan que, en un valle lejano, un mosquito se dio a la tarea de edificar una casa diminuta para vivir. Las paredes estaban hechas con agujas de pino, el techo era una cáscara de nuez y como puerta utilizó un pétalo de jazmín.

Cuando hubo terminado su labor, el mosquito entró a su casa y se sentó cómodamente a descansar. No había pasado ni un minuto, cuando un grillo se detuvo frente a su puerta y dijo:

—Buenos días, ¿quién vive en esta casita tan hermosa? ¿A quién hago la visita?

—Aquí vive el mosquito Pito, ¿y tú quién eres?

—Soy el grillo Membrillo y quisiera entrar a saludar.

—Con mucho gusto te recibo.

—¿Queda espacio para mí?

—Claro que sí  —le contestó el mosquito—. Por favor, entra.

Pasó la rana Zutana y dijo:

—¿Quiénes se encuentran dentro de esta casita tan primorosa?

—Yo, el mosquito Pito, que estoy con el grillo Membrillo.

—¿Queda espacio para mí?

—Claro que sí  —le contestaron los dos—. Por favor, entra.

Y entró la rana Zutana a saludar.

Llegó el conejo Tejo y dijo:

–¿Hay alguien en esta casita tan bella?

–Sí. Yo, el mosquito Pito, junto al grillo Membrillo y la rana Zutana.

–¿Queda espacio para mí?

–Claro que sí  –le contestaron los tres–. Por favor, entra.

Y entró también el conejo Tejo a conversar.

Llegó la gata Perorata y dijo:

–¿A quién puedo visitar en esta casita linda?

–A mí, el mosquito Pito, junto al Grillo Membrillo, la rana Zutana y el conejo Tejo.

–¿Queda espacio para mí?

–Claro que sí –le contestaron los cuatro–. Por favor, entra.

Y entró la gata Perorata para charlar un ratito.

Llegó el perro Cencerro y dijo:

–¿Quiénes se hallan dentro de esta cuidada casita?

–Yo, el mosquito Pito, junto al Grillo Membrillo, la rana Zutana, el conejo Tejo y la gata Perorata.

–¿Queda espacio para mí?

–Claro que sí –le contestaron los cinco–. Por favor, entra.

Y entró el perro Cencerro.

Pasó el chivo Esquivo y dijo:

–¡Qué casita tan limpia! ¿Hay alguien en su interior?

–Sí. Yo, el mosquito Pito, junto al grillo Membrillo, la rana Zutana, el conejo Tejo, la gata Perorata y el perro Cencerro.

–¿Queda espacio para mí?

–Claro que sí –le contestaron los seis–. Por favor, entra.

Y entró el chivo Esquivo y se sumó al grupo.

Llegó el caballo Bayo y dijo:

–¿Quiénes se encuentran en esta casita preciosa?

–Yo, el mosquito Pito, junto al grillo Membrillo, la rana Zutana, el conejo Tejo, la gata Perorata, el perro Cencerro y el chivo Esquivo.

–¿Queda espacio para mí?

–Claro que sí –le contestaron los siete–. Por favor, entra.

Y entró el caballo Bayo a hablar con los presentes.

Pasó la vaca Albahaca y dijo:

—Aquí, en esta casita encantadora, ¿quiénes se hallan?

—Yo, el mosquito Pito, junto al grillo Membrillo, la rana Zutana, el conejo Tejo, la gata Perorata, el perro Cencerro, el chivo Esquivo y el caballo Bayo. Y tú, ¿quién eres?

—Yo soy la vaca Albahaca y si hay espacio, entraré a descansar un rato. Ando un poco turulata después de mi larga caminata…

La vaca avanzó dando tumbos y, sin darse cuenta, tropezó y cayó encima de la casa. Todos los que estaban dentro salieron corriendo.

Y de la casa del mosquito Pito no quedó ni un pedacito.

*Pirimpimpán, pirimpimpín,*
*este cuento termina aquí,*
*y aquel que lo escuchó,*
*corrió y lo repitió por allí.*

# El gallo de boda

P ues, señor, este era un gallo elegante y un poquito presumido. Tenía plumas multicolores, grandes y afiladas espuelas, y una potente y melodiosa voz.

Un día, el gallo recibió una carta. Se la mandaba su tío Perico, que vivía en un gallinero del pueblo vecino. En la carta, el tío le anunciaba que se iba a casar con una preciosa gallina rizada y lo invitaba a la boda, que se celebraría el domingo.

Así que ese día, muy tempranito, el gallo acicaló sus plumas, limpió sus espuelas hasta dejarlas relucientes y anunció a todos:

—¡Quiquiriquí! Me voy a la boda de mi tío Perico.

Y tomó el sendero que llevaba al pueblo cercano. Pero no había caminado mucho, cuando descubrió, en medio de un basurero, un amarillo y apetitoso grano de maíz.

El gallo estuvo tentado de meterse en la basura y comérselo, pero, al mismo tiempo, le dio miedo ensuciarse el pico. Así que, parado en el camino, se puso a pensar:

*¿Qué hago, qué hago?*
*¿Pico o no pico?*
*Si no pico, pierdo el grano,*
*y si pico, se me ensucia el pico*
*y entonces no podré ir a la boda*
*de mi tío Perico.*
*¿Qué hago, qué hago?*
*¿Pico o no pico?*

Pero la tentación fue más grande y, sin poderse contener, se acercó al basurero, picó y se tragó el sabroso grano de maíz. Y, por supuesto, al hacerlo, tal y como temía, se ensució el pico.

Entonces, el gallo decidió pedirle ayuda a la yerba que crecía en el borde del sendero.

—Yerba, amiga yerba,
¿quieres limpiarme el pico
para que pueda ir a la boda
de mi tío Perico?

—No, no te lo limpiaré —respondió la yerba.

Entonces, el gallo le pidió ayuda a la chiva:

—Chiva, amiga chiva,
¿quieres comerte a la yerba,
que no quiere limpiarme el pico
para que pueda ir a la boda
de mi tío Perico?

—No, no me la comeré —respondió la chiva.

Entonces, el gallo fue a ver al perro:

—Perro, amigo perro,
¿quieres morder a la chiva,
que no quiere comerse a la yerba
que no quiere limpiarme el pico
para que pueda ir a la boda
de mi tío Perico?

—No, no la morderé —contestó el perro.

Entonces, el gallo fue a buscar al palo:

—Palo, amigo palo,
¿quieres pegarle al perro,
que no quiere morder a la chiva
que no quiere comerse a la yerba
que no quiere limpiarme el pico

*para que pueda ir a la boda*
*de mi tío Perico?*

–No, no le pegaré –replicó el palo.

Entonces, el gallo se dirigió al fuego:

*–Fuego, amigo fuego,*
*¿quieres quemar al palo,*
*que no quiere pegarle al perro*
*que no quiere morder a la chiva*
*que no quiere comerse a la yerba*
*que no quiere limpiarme el pico*
*para que pueda ir a la boda*
*de mi tío Perico?*

–No, no lo quemaré –repuso el fuego.

Entonces, el gallo le dijo al agua:

*–Agua, amiga agua,*
*¿quieres apagar al fuego,*
*que no quiere quemar al palo*
*que no quiere pegarle al perro*
*que no quiere morder a la chiva*
*que no quiere comerse a la yerba*
*que no quiere limpiarme el pico*

*para que pueda ir a la boda*
*de mi tío Perico?*

—No, no lo apagaré —exclamó el agua.

Entonces, el gallo le habló al Sol:

—*Sol, amigo Sol,*
*¿quieres secar al agua,*
*que no quiere apagar al fuego*
*que no quiere quemar al palo*
*que no quiere pegarle al perro*
*que no quiere morder a la chiva*
*que no quiere comerse a la yerba*
*que no quiere limpiarme el pico*
*para que pueda ir a la boda*
*de mi tío Perico?*

—Con mucho gusto —le respondió el Sol.

Y al escucharlo, el agua dijo:

—No, no, que yo apagaré al fuego.

Y el fuego dijo:

—No, no, que yo quemaré al palo.

Y el palo dijo:

—No, no, que yo le pegaré al perro.

Y el perro dijo:

—No, no, que yo morderé a la chiva.

Y la chiva dijo:

—No, no, que yo me comeré a la yerba.

Y la yerba dijo:

—No, no, que yo le limpiaré el pico al gallo para que pueda ir a la boda de su tío Perico.

Ris… ras… ras… ris… En un abrir y cerrar de ojos, la yerba le limpió el pico y se lo dejó resplandeciente.

El gallo, que era muy educado, le dio las gracias al Sol, al agua, al fuego, al palo, al perro, a la chiva y a la yerba, y siguió su camino, muy apurado, porque no quería llegar tarde a la fiesta.

Y me contaron que ese día se divirtió mucho, pero muchísimo, en la boda de su tío Perico.

*Vine por un caminito*
*y me iré por otro.*
*Si este cuento les gustó,*
*mañana les traeré otro.*

# Ricitos de Oro y los tres osos

Había una vez tres osos. Tres. Ni uno más ni uno menos. Formaban una familia y vivían en una cabaña perdida en lo profundo de un bosque.

Papá Oso era grande y pesado, Mamá Osa era de tamaño mediano y su hijo, el Bebé Oso, era pequeñito. Los tres osos se llevaban bien y eran muy atentos y amables con los demás animales que vivían por los alrededores.

En esa familia, todos tenían un plato para comer su papilla. El del papá era grandote; el de la mamá, mediano y el del bebé, pequeñito.

Cada uno tenían también una silla para sentarse a descansar: una grandota, para el papá; una mediana, para la mamá y una pequeñita, para el bebé.

Y cada oso tenía, además, una cama para acostarse a dormir. La del papá, grandota; la de la mamá, mediana y la del bebé, por supuesto, pequeñita.

Un día, después de preparar la papilla con miel y avena para su desayuno y de servirla en sus platos, los tres osos salieron a dar un paseo mientras su comida se enfriaba un poco.

Mientras ellos caminaban entre los árboles, alguien se acercó a su casa. Era una niña que se había perdido en el bosque y que, después de dar vueltas y más

vueltas tratando de encontrar el camino de regreso a su hogar, había llegado hasta allí.

Al ver la cabaña, se puso muy contenta y corrió a asomarse por una de sus ventanas.

—¿Hay alguien en casa? —exclamó la niña, a quien todos en su pueblo llamaban Ricitos de Oro. Pero nadie le contestó.

Como la puerta estaba abierta, porque los tres osos eran muy confiados y jamás se les había ocurrido imaginar que un extraño pudiera entrar sin permiso en su hogar, la niña decidió empujarla y pasar.

¿Y qué fue lo primero que encontró? Pues una mesa con tres platos humeantes. ¡Mmmmmmm! ¡Qué bien olía aquella comida!

Después de una larga caminata, Ricitos de Oro estaba hambrienta y, sin pensarlo dos veces, se acercó al gran plato de Papá Oso y con una cuchara probó su papilla. Pero la encontró demasiado caliente.

Acto seguido, se acercó al plato mediano, el de Mamá Osa, y también probó una cucharada. Pero la avena le pareció demasiado fría.

Por último, se dirigió al platito del Bebé, y como esa papilla le pareció perfecta, ni muy caliente ni muy fría, pues se la comió toda.

Ricitos de Oro estaba agotada, así que, al ver que en la cabaña había tres sillas, decidió sentarse a descansar.

Primero probó la gran silla de Papá Oso, pero la encontró muy dura.

Luego se sentó en la silla de Mamá Osa, pero tampoco esta fue de su agrado, pues le resultó demasiado blanda.

Entonces probó la sillita del Bebé Oso y... ¡ah!, esa sí le gustó. No era ni muy dura ni muy blanda. ¡Era perfecta! El problema fue que, como Ricitos de

Oro pesaba más que el Bebé Oso, la pequeña silla se rompió en pedazos.

Entonces la niña siguió recorriendo la cabaña y llegó a la habitación donde dormían los tres osos. Al ver las camas con sábanas blancas y limpias, a Ricitos de Oro le entró mucho sueño y decidió acostarse a dormir en alguna de ellas.

Primero probó la gran cama de Papá Oso, pero su almohada le pareció muy alta para ella.

Enseguida se cambió para la cama mediana de Mamá Osa, pero encontró su almohada muy baja.

Finalmente, se acurrucó en la camita del Bebé Oso y, al comprobar que su almohada era tal y como a ella le gustaba, enseguida se quedó dormida.

Tan profundamente dormía Ricitos de Oro, que no escuchó cuando la puerta de la cabaña se abrió y los tres osos entraron. La familia había regresado de su paseo con muchos deseos de desayunar. Pero cuando se acercaron a la mesa, dispuestos a comerse su sabrosa papilla, se llevaron una gran sorpresa.

Papá Oso protestó con su fuerte y gruesa voz:

—¿Quién, sin pedirme opinión,
ha probado mi platón?

Mamá Osa se quejó con su voz mediana:

*—¿Quién sería el insensato*
*que estuvo husmeando en mi plato?*

Y el Bebé Oso lloriqueó con su vocecita:

*—¡Alguien con gran apetito*
*ha vaciado mi platito!*

Los tres osos empezaron a buscar quién se había comido el desayuno del osito, y de pronto el Papá Oso exclamó con su voz ronca y poderosa:

*—Esto cualquiera lo nota:*
*¡se han sentado en mi sillota!*

Al instante, la Mamá Osa añadió con su voz mediana:

*—Alguien entró de puntillas*
*y se acomodó en mi silla.*

Y acto seguido, el Bebé Oso se lamentó con su voz pequeñita:

*—Alguien hizo la visita*
*y me ha roto mi sillita.*

Muy preocupada, la familia entró entonces en su dormitorio y, al ver arrugada la sábana de su cama, Papá Oso exclamó con su voz grave y resonante:

*—Alguien, no entiendo ni jota,*
*se ha acostado en mi camota.*

Por su parte, con su voz mediana, Mamá Osa agregó:

*—¡Qué atrevimiento! ¡Qué drama!*
*Han destendido mi cama.*

Y por último, con su voz fina, el Bebé Oso advirtió:

*—¡Una niña muy bonita*
*se ha dormido en mi camita!*

Ricitos de Oro había escuchado, sin despertarse, la voz fuerte del Papá Oso y la voz mediana de la Mamá Osa. Pero la vocecita del Bebé Oso la sacó de su sueño. Entonces, al abrir los ojos y descubrir que los tres osos la rodeaban, observándola con extrañeza y curiosidad, se llevó un gran susto, saltó por la ventana y se alejó de la cabaña a todo correr…

¡Qué tontería! Si hubiera pedido disculpas por entrar en su hogar sin permiso, por comerse la papilla, romper la sillita y quedarse dormida en la cama del osito, los tres osos la habrían perdonado, porque eran muy buenos, amables y comprensivos, y con mucho gusto la hubieran ayudado. Pero Ricitos de Oro nunca más regresó por aquel lugar y los tres osos jamás volvieron a saber de ella.

Y *cataplán, cataplón,*
*y cataplán, cataplín,*
*este cuento llegó a su fin.*

# Los tres cerditos

Hace ya algún tiempo, tres cerditos, que eran hermanos, vivían muy cerca uno del otro, junto a un frondoso bosque.

Lejos de allí, donde las ramas de los árboles apenas permitían el paso, tenía su morada un lobo famoso por su voracidad. Para nadie era un secreto que, a la hora de cenar, la debilidad de aquel lobo era comerse un tierno y jugoso cerdito.

Por eso, para protegerse del lobo hambriento, cada uno de los tres cerditos se había construido una casa.

El mayor de los hermanos, que era un poco perezoso, la fabricó con paredes y techo de paja; el del medio, que era algo distraído, hizo la suya de juncos, mientras que el más pequeño, que era muy trabajador y listo, la construyó con ladrillos.

Un frío día de invierno en que el lobo no encontraba nada que llevarse a la boca, se acordó de los tres cerditos que vivían a la entrada del bosque y hacia allá se fue, decidido a comerse a uno de ellos. Dirigió sus pasos a la cabaña del cerdito mayor y cuando estuvo frente a su puerta, la golpeó con una de sus garras mientras decía con fingida dulzura:

–Cerdito querido, ábreme y déjame entrar, que tengo mucho frío.

–¡Por nada del mundo lo haría! –respondió el cerdito–. Si te dejara entrar, me comerías en un abrir y cerrar de ojos.

Entonces, enfurecido, el lobo sopló sobre las paredes de paja. Sopló y sopló, y la casita se vino abajo. El asustado cerdito salió corriendo y el lobo lo persiguió. Por suerte, cuando estaba a punto de alcanzarlo, el animalito llegó a la casa de juncos de su hermano del medio, entró, cerró la puerta y puso el cerrojo.

Al lobo no le quedó más remedio que tocar la puerta de la segunda casa con una de sus enormes patas, mientras decía con su voz más cariñosa:

–Queridos cerditos, amigos míos, ábranme y déjenme entrar, que me estoy muriendo de frío.

–De ninguna manera –respondieron los dos hermanos, temblando de miedo–. Si lo hiciéramos, nos devorarías en un dos por tres.

El lobo, por supuesto, se puso más malhumorado todavía, respiró profundamente y sopló sobre las paredes de juncos. Sopló, sopló y sopló, hasta que la casita se derrumbó.

Por suerte, a los dos cerditos les dio tiempo para salir a todo correr rumbo a la casa de ladrillo de su hermano menor, con el lobo pisándoles los talones. Llegaron cuando este casi les daba alcance, pero pudieron entrar y cerrarle la puerta en las narices.

No hace falta decir que el lobo estaba muy, pero muy rabioso, ¿verdad? De nuevo golpeó la puerta con una de sus garras y poniendo la voz más melosa que pudo, dijo:

—Cerditos, queridísimos amigos, abran y déjenme entrar, que casi me estoy congelando.

—¿Cómo se te ocurre, lobo? —exclamaron a la vez los cerditos—. Si cometiéramos ese error, terminaríamos los tres dentro de tu barrigota.

—¡Pues así terminarán, gústeles o no! —replicó el lobo, ya sin preocuparse por disfrazar su voz.

Y mucho, pero mucho más furioso que antes, sopló y sopló, sopló y sopló para tumbar las paredes de ladrillo. Como no lo logró, decidió empujarlas con toda sus fuerzas. Pero aunque empujó y empujó, las paredes de ladrillo se mantuvieron firmes.

Entonces, el lobo se subió al techo de la casa y se puso a saltar y a saltar encima de él, con la idea de hundirlo, pero tampoco lo logró. También trató de entrar por la chimenea, pero estaba cerrada.

Así que, haciendo un gran esfuerzo, logró serenarse y les dijo a los cerditos:

—Amigos míos, cerca del río hay una huerta de vegetales con ricas zanahorias, sabrosas remolachas y rábanos deliciosos… Si quieren, mañana bien temprano podemos ir juntos a buscarlos.

–De acuerdo –contestó el cerdito menor, que era el más listo de los tres–. ¿A qué hora pasarás por nosotros?

–A las seis –propuso el lobo.

Al día siguiente, mucho antes de la hora convenida, los tres cerditos fueron a la huerta, recogieron tantos vegetales como pudieron y regresaron a la casa de ladrillos.

Cuando el lobo fue por los tres hermanos, el cerdito más pequeño le dijo:

–¿Crees que somos tontos? Sabíamos que nos querías engañar y fuimos antes que tú a buscar las zanahorias, las remolachas y los rábanos.

El lobo, esforzándose para disimular la ira, les propuso entonces lo siguiente:

–Cerditos queridos, un poco más allá del río hay un campo con árboles frutales. Allí crecen jugosas manzanas, dulcísimas peras y almibarados melocotones. Mañana a las cinco podemos ir a recoger esas frutas y darnos un banquete.

–De acuerdo –contestaron los cerditos.

Otra vez los tres hermanos se despertaron mucho antes de la hora convenida, con la idea de burlarse del

lobo. Pero resultó que este, para evitar que volvieran a engañarlo, también adelantó su visita y llegó cuando cada uno de los cerditos estaba subido a un árbol.

El menor y el más listo de los tres, que estaba trepado en un manzano, de nuevo tomó la iniciativa y le dijo al lobo:

–Decidimos llegar más temprano para adelantar la recogida de las frutas.

–¿Y cómo están las manzanas? –preguntó el lobo.

–Riquísimas. Para que lo compruebes, ¡agarra esta! –respondió el cerdito al mismo tiempo que lanzaba bien lejos una de las frutas.

El lobo la persiguió y ese fue el momento que aprovecharon los cerditos para escapar a toda velocidad. Corrieron, corrieron y se refugiaron en la casa de ladrillos.

Por supuesto, el lobo no tardó en tocar a la puerta y en amenazarlos con entrar para comérselos. Pero por más que empujó y empujó, las paredes no cedieron. Entonces, volvió a subirse en el techo de la casa, donde descubrió, con gran alegría, que esa vez la chimenea se había quedado abierta.

Cuando los cerditos se dieron cuenta de que el lobo estaba metiéndose por la salida de humo, encendieron sin demora un buen fuego.

El lobo, que ya había comenzado a descender, se llevó una gran sorpresa al sentir el fuego en su cola, volvió a subir a toda prisa y no paró hasta llegar al río y meterse en el agua.

Desde ese día, por más hambre que sintió, nunca se atrevió a molestar a los tres cerditos, que siguieron viviendo juntos en la cómoda y segura casa de ladrillos a la orilla del bosque.

Y *como dice don Pepín,*
*este cuento llegó a su fin.*

# La cucarachita Martínez

É rase una vez una cucarachita llamada Martina y, de apellido, Martínez.

Martina Martínez era joven, trabajadora y simpática. También era buena cocinera y, sobre todo, una gran amante del orden y la limpieza. Todos en el barrio sabían que cada mañana se levantaba muy temprano y se ponía a limpiar y a sacudir su casa.

Un día, mientras barría el portal para quitarle hasta la última pizca de polvo, Martina Martínez encontró una moneda reluciente y se puso contentísima.

—Caramba, ¿qué me compraré? —dijo, y se puso a pensar—: ¿Me compraré una sortija? Ay, no, no, no, que me dirán vanidosa. ¿Me compraré unos caramelos? Ay, no, no, no, que me dirán golosa…

Después de mucho pensarlo, la cucarachita Martínez fue a la tienda y se compró una caja de polvos perfumados. Cuando volvió a su hogar, se bañó, se puso un bonito vestido rojo, unos zapatos de tacón y se amarró un enorme lazo en la cabeza. Luego abrió la caja de polvos nueva, se empolvó bien, pero bien empolvada, puso un sillón en el portal y se sentó a mecerse y a abanicarse.

No tardó mucho en pasar por allí un sapo que, al verla tan primorosa, dio un enorme salto y exclamó:

—Cucarachita Martínez, ¡qué linda estás!

Y ella le dijo:

—Como no soy bonita, te lo agradezco más.

El sapo, muy emocionado, se apresuró a preguntarle:

—*Martina Martínez,*
*no quiero ser atrevido,*
*pero dime una cosa:*
*¿te casarías conmigo?*

—Depende —respondió ella, subiendo y bajando sus largas pestañas con coquetería—. A ver, ¿qué haces de noche?

—¿Yo? —dijo el sapo, inflando el pecho orgullosamente—. Pues por la noche hago croac, crooaac, croooaaac.

–Ay, no, no, contigo no me caso, porque me asustarás –se apresuró a decir la cucarachita, tapándose los oídos.

El sapo se fue muy decepcionado, y enseguida pasó frente a la casa un perro. Al ver a Martina Martínez, quedó deslumbrado y le dijo:

–Cucarachita Martínez, ¡qué linda estás!

Y ella le respondió:

—Como no soy bonita, te lo agradezco más.

Y entonces el perro agregó, al igual que había hecho antes el sapo:

—*Martina Martínez,*
*no quiero ser atrevido,*
*pero dime una cosa:*
*¿te casarías conmigo?*

—Quizás… —respondió ella, con un coqueto suspiro—. A ver, ¿qué haces de noche?

—¿Yo? —dijo el perro, moviendo la cola con entusiasmo—. Pues por la noche hago jau, jaauu, jaaauuu.

—Ay, no, no, contigo no me caso, porque me asustarás —dijo al instante la cucarachita, tapándose los oídos.

El perro se alejó de allí con el rabo entre las patas. Pero alguien se acercó sin tardanza a la casa de la cucarachita Martínez. ¿Quién? Pues un gato muy enamoradizo, que en cuanto la vio ronroneó melosamente:

—Cucarachita Martínez, ¡qué linda estás!

Y ella le contestó:

—Como no soy bonita, te lo agradezco más.

Sin perder un minuto, el gato exclamó, al igual que lo habían hecho antes el sapo y el perro:

—*Martina Martínez,*
*no quiero ser atrevido,*
*pero dime una cosa:*
*¿te casarías conmigo?*

—Tal vez —respondió ella, abriendo y cerrando su abanico—. A ver, ¿qué haces de noche?

—¿Yo? —dijo el gato, arqueando orgullosamente su espinazo—. Pues por la noche hago miau, miaauu, miaaauuu.

—Ay, no, no, contigo no me caso, porque me asustarás —lo despidió la cucarachita, tapándose los oídos.

Era muy tarde y, convencida de que nadie más pasaría frente a su portal, la cucarachita estuvo a punto de meterse en su casa. Pero cuando empezaba a levantarse del sillón, pasó por allí un apuesto ratón, de apellido Pérez, que al verla, dijo:

—Cucarachita Martínez, ¡qué linda estás!

Y ella repuso:

—Como no soy bonita, te lo agradezco más.

Sin perder un minuto, al igual que lo habían hecho antes el sapo, el perro y el gato, el ratoncito le preguntó:

—*Martina Martínez,*
*no quiero ser atrevido,*

*pero dime una cosa:*
*¿te casarías conmigo?*

—Tal vez —respondió ella con una sonrisa misterio-sa—. A ver, ¿qué haces de noche?

—¿Yo? —dijo el ratón Pérez, sorprendido—. Pues por la noche no hago nada, solo dormir y callar, callar y dormir.

Y la cucarachita, con el corazón latiendo de emoción, le dijo que sí, que se casaría con él.

La boda se celebró a la mañana siguiente y todos en el barrio fueron a la fiesta. ¡Hasta el sapo, el perro y el gato asistieron! Martina Martínez se veía hermosa con su vestido blanco de novia. Y, ¿por qué no decir-lo?, su feliz esposo, el ratoncito Pérez también se veía guapísimo.

Unos días después, la cucarachita Martínez quiso sorprender a su marido preparándole un almuerzo bien sabroso y decidió hacerle una sopa de cebollas, que era su especialidad en la cocina.

—Pérez —dijo—, tengo que ir al mercado a hacer unas compritas. Por favor, vigila la olla que tengo en el fogón y revuélvela de vez en cuando. ¡Pero, por favor, no la pruebes hasta que yo regrese!

El ratoncito le prometió que así lo haría. Pero, como era muy goloso, cuando destapó la olla para revolverla y sintió el rico olor de la cebolla, no pudo resistir la tentación de probarla.

—Me comeré una cebollita, solo una, y Martina nunca se dará cuenta —se dijo e, inclinándose sobre la olla, trató de pescar con el cucharón alguna de las cebollitas que bailaban entre los fideos, en el caldo hirviente.

Pero, ¡qué mala suerte!, Pérez resbaló y se cayó de cabeza en la sopa.

La cucarachita estuvo a punto de quedarse viuda. Por suerte, en ese momento el sapo, el perro y el gato estaban conversando frente a la casa y, al oír los gritos de auxilio del ratón, entraron a las carreras y lo sacaron de la olla, sujetándolo por la cola, cuando estaba a punto de morir ahogado.

Imagínense el disgusto que se llevó Martina Martínez cuando, al regresar del mercado, escuchó a la gente
comentar en la calle:

*El ratoncito Pérez*
*se cayó en la olla*
*por la golosina*
*de la cebolla…*

La cucarachita pasó un susto grandísimo, pero su
esposo, muy arrepentido, le ofreció mil disculpas y le
aseguró que nunca, pero nunca jamás, volvería a poner
su matrimonio en peligro por la golosina de la cebolla.
Entonces, Martina Martínez lo perdonó y, muy agrade-
cida de que le hubieran salvado la vida a su esposo,
invitó al sapo, el perro y el gato a probar la sopa.

Y según dicen ¡estaba exquisita!

*Colorín colorado*
*este cuento se ha acabado*
*y el que no se levante*
*se quedará pegado.*

# Índice

# Nota de autores

Sergio Andricaín estudió Sociología en la Universidad de La Habana y es autor de obras para niños como *Cuando sea grande*, *Había otra vez. Historias de siempre vueltas a contar*, *Libro secreto de los duendes*, *El planeta de los papás-bebé* (en colaboración con Chely Lima), *La caja de las coplas*, *Un zoológico en casa* y *Hace muchísimo tiempo*. Entre sus antologías de poesía para niños se destacan *¡Hola!, que me lleva la ola* e *Isla de versos*. Puedes visitar su blog www.sergioandricain. wordpress.com o seguirlo por Facebook en /sergio.andricain.

Antonio Orlando Rodríguez estudió Periodismo en la Universidad de La Habana y ha publicado, entre otros libros para el público infantil y juvenil, *Fiesta en el zoológico*, *Yo, Mónica y el Monstruo*, *Hospital de piratas*, *La Escuela de los Ángeles*, *El rock de la momia y otros versos diversos* y *Mi bicicleta es un hada y otros secretos por el estilo*. En el 2008 ganó el premio internacional Alfaguara con su novela para adultos *Chiquita*. Puedes visitar su sitio web www. antonioorlandorodriguez.com y seguirlo en las redes sociales a través de /antonioorlandorodriguezautor, en Facebook, y @a_o_rodriguez, en Twitter.

Estos dos escritores cubanos, que vivieron en Colombia durante varios años, han publicado en coautoría, entre otros títulos, *El libro de Antón Pirulero*, *Adivínalo si puedes*, la colección *La vuelta al mundo en cinco cuentos* y la investigación *Escuela y poesía. ¿Y qué hago con el poema?* Ambos residen en Estados Unidos, donde crearon la Fundación Cuatrogatos (www.cuatrogatos.org) para desarrollar proyectos culturales y educativos.